백일홍

글 김현애 | 그림 신지원

백일홍은 새색시의 족두리 모양을 한 예쁜 꽃이에요.
백 일 동안 붉은 꽃이 활짝 피어 있다고 해서
백일홍이라는 이름이 붙여졌어요.
백일홍에는 아주 슬픈 이야기가
전해 내려오고 있답니다.

먼 옛날, 평화롭던 어느 바닷가 마을에 큰 걱정이 생겼어요.
"큰일일세! 도대체 고기를 못 잡은 게 벌써 며칠인가?"
"그러게 말이야, 파도가 거세니 바다에 나갈 수가 있어야지."
"사나운 이무기가 저렇게 파도를 일으킨다며?"
마을 사람들은 매일매일 발만 동동 구르다가
마침내 이무기에게 제사를 지내기로 결정했어요.
사람들은 제물*로 처녀를 바치기로 했답니다.

*제물 : 제사에 바치는 음식물이나 '희생물'을 빗대어 이르는 말.

어느 날 동네 처녀들이 모두 모여
두근거리는 마음으로 제비*를 뽑았어요.
"후유! 나는 안 뽑혔어."
"다행이야! 나도 아니야."
제비를 뽑고 난 처녀들은
가슴을 쓸어 내리며
안도의 한숨을 내쉬었어요.
그 때 슬픈 표정을 짓고 있는
한 처녀가 있었어요.
바로 이무기의 제물로 뽑힌 처녀였지요.

*제비 : 승부나 차례를 결정하는 방법으로 쓰는 물건, 또는 그 방법.

그 처녀에게는 사랑하는 청년이 있었어요.
용감하고 칼솜씨가 뛰어난 훌륭한 청년이었지요.
"당신을 이무기에게 바칠 수는 없소!"
"하지만 마을을 위해서는 어쩔 수 없어요. 흑흑흑!"
"내가 이무기를 물리치고 당신을 구해 내겠소."
"안 돼요! 당신마저 목숨을 잃으면 어떻게 해요."
처녀가 간곡히 말렸지만,
청년의 굳은 결심을 꺾을 수는 없었어요.

이무기에게 제사를 지내는 날이 되었어요.
처녀는 혼자 배에 탄 채 바다 한가운데로 나아갔어요.
"이 처녀를 드릴 테니 제발 우리를 보살펴 주소서."
마을 사람들은 정성껏 음식을 차리고 북을 치며 제사를 올렸어요.
그 때 아무도 모르게 배를 몰고 바다 위로 미끄러져 가는
사람이 있었어요. 바로 처녀를 구하러 가는 청년이었어요.
'이무기를 물리치고 반드시 사랑하는 사람을 구할 거야.'

갑자기 파도가 크게 요동*치더니 물 위로
커다란 이무기가 고개를 쑥 내밀었어요.
깜짝 놀란 마을 사람들은 벌벌 떨며 허둥지둥 도망갔어요.
뱃머리에 선 처녀는 두 손을 모은 채 눈을 꼭 감았어요.
'이 목숨을 하느님께 맡깁니다. 보살펴 주세요.'
이무기가 입을 쩌억 벌리고 처녀를 삼키려고 하였어요.

*요동 : 흔듦, 또는 흔들림.

그 때 청년이 칼을 휘두르며 이무기에게 소리쳤어요.
"이놈아! 네 상대는 바로 나다. 이 칼을 받아라!"
"겁도 없는 녀석이군. 목숨이 아깝지도 않느냐?"
화가 난 이무기가 청년을 향해 사납게 헤엄쳐 갔어요.
"제발! 도련님을 굽어살펴 주세요!"
처녀가 간절하게 기도를 올렸어요.
처녀의 기도가 하늘에 닿았는지
청년의 칼이 이무기의 목에 깊숙이 박혔어요.
"으악!"
이무기는 무시무시한 비명을 지르며
바닷속으로 가라앉았어요.

"이무기가 죽었다!"
"용감한 청년이 이무기를 물리쳤어!"
마을 사람들은 크게 기뻐하며 큰 잔치를 벌였어요.
그리고 용감한 청년과 처녀의 결혼식을 올려 주기로 했어요.
"이제야 이무기 걱정 없이 살게 되었어."
"자네들이야말로 우리 마을의 보배네."
마을 사람들의 축복 속에 두 사람은
손을 맞잡고 행복한 웃음을 지었어요.

그런데 결혼식을 올리기도 전에
바다에 또 다른 이무기가 나타났어요.
지난 번 이무기보다 훨씬 사나운 놈이었지요.
집채만한 파도를 일으키며 마을 앞까지 바닷물을 쏟아 부었어요.
"이거 큰일났군. 마을이 쑥대밭*이 되고 말겠어."
사람들이 모두 모여 걱정을 하고 있자 청년이 나서서 말했어요.
"걱정 마세요. 제가 이무기를 물리치고 오겠습니다."

*쑥대밭 : '완전히 망해 버린 모양'을 빗대어 하는 말.

하지만 처녀는 걱정스러운 표정으로 청년을 말렸어요.
"이번에 나타난 이무기는 더 사납대요."
"이무기를 물리쳐야 우리 마을이 평화롭게 살 수 있어요.
내가 꼭 이무기를 물리치고 오리다. 그 때 결혼식을 올립시다."
청년은 처녀의 손을 꼭 잡고 약속했어요.
"이무기를 물리치면 배에 흰색 돛*을 달고,
물리치지 못하면 빨간색 돛을 달고 오겠소."

*돛 : 바람의 힘을 받아 배가 밀려 가게 하는, 돛대에 달아서 펴 올렸다 접어 내렸다 하는 넓은 헝겊.

이튿날 청년이 혼자 배를 타고 바다로 나아가자
바닷속에서 이무기가 첨벙! 나타났어요.
"네놈이 바로 내 남편을 죽인 원수로구나!"
이무기가 이를 갈며 청년을 향해 펄쩍 뛰어올랐어요.
청년도 칼을 휘두르며 용감하게 싸웠어요.
드디어 청년의 칼이 번쩍 빛나는 순간
이무기가 털썩 쓰러졌어요.
그 때 이무기의 붉은 피가 튀어
흰색 돛을 붉게 물들였답니다.

한편 처녀는 족두리를 머리에 쓰고 예쁘게 단장을 한 채
날마다 바닷가에 서서 청년을 기다렸어요.
"하느님, 제 님이 무사히 돌아오게 해 주세요."
청년이 떠난 지 백 일째 되는 날, 저 멀리 배가 나타났어요.
"도련님이 돌아오시는구나!"
처녀는 기쁨의 눈물을 흘렸어요.
그런데 배가 가까이 다가오자 처녀는 너무 놀라
몸이 돌처럼 굳고 말았어요.
배에는 빨간색 돛이 달려 있었던 것이에요.
"이를 어쩌나! 도련님이 돌아가셨구나!"

“흑흑흑!”
깊은 슬픔에 빠져 흐느껴 울던 처녀는
그만 바다에 몸을 던지고 말았어요.
청년은 이 사실을 까맣게 모르고
마을을 향해 힘차게 배를 저었어요.
마을 사람들이 청년을 반갑게 맞이했어요.
“여보게, 정말 장하구먼.”
“제 아내가 될 여인은 어디 있습니까?”
청년이 주위를 두리번거리며 사람들에게 물었어요.
“붉은 돛을 달고 오는 자네의 배를 보고 그만…….”
“네? 뭐라고요?”
청년은 이무기와 정신 없이 싸우느라
이무기의 피로 돛이 붉게 물든 것을 몰랐던 거예요.

"돛을 잘 살펴봤어야 했는데……. 흑흑흑!"
청년은 뒤늦게 후회하며 눈물을 흘렸어요.
청년은 햇볕이 잘 드는 곳에 처녀를 묻어 주었어요.
그 뒤 처녀의 무덤에서는 꽃 한 송이가 피어났어요.
족두리 모양을 한 그 붉은 꽃은 백 일 동안 활짝 피어 있었어요.
그 때부터 사람들은 그 꽃을 '백일홍'이라고 불렀답니다.

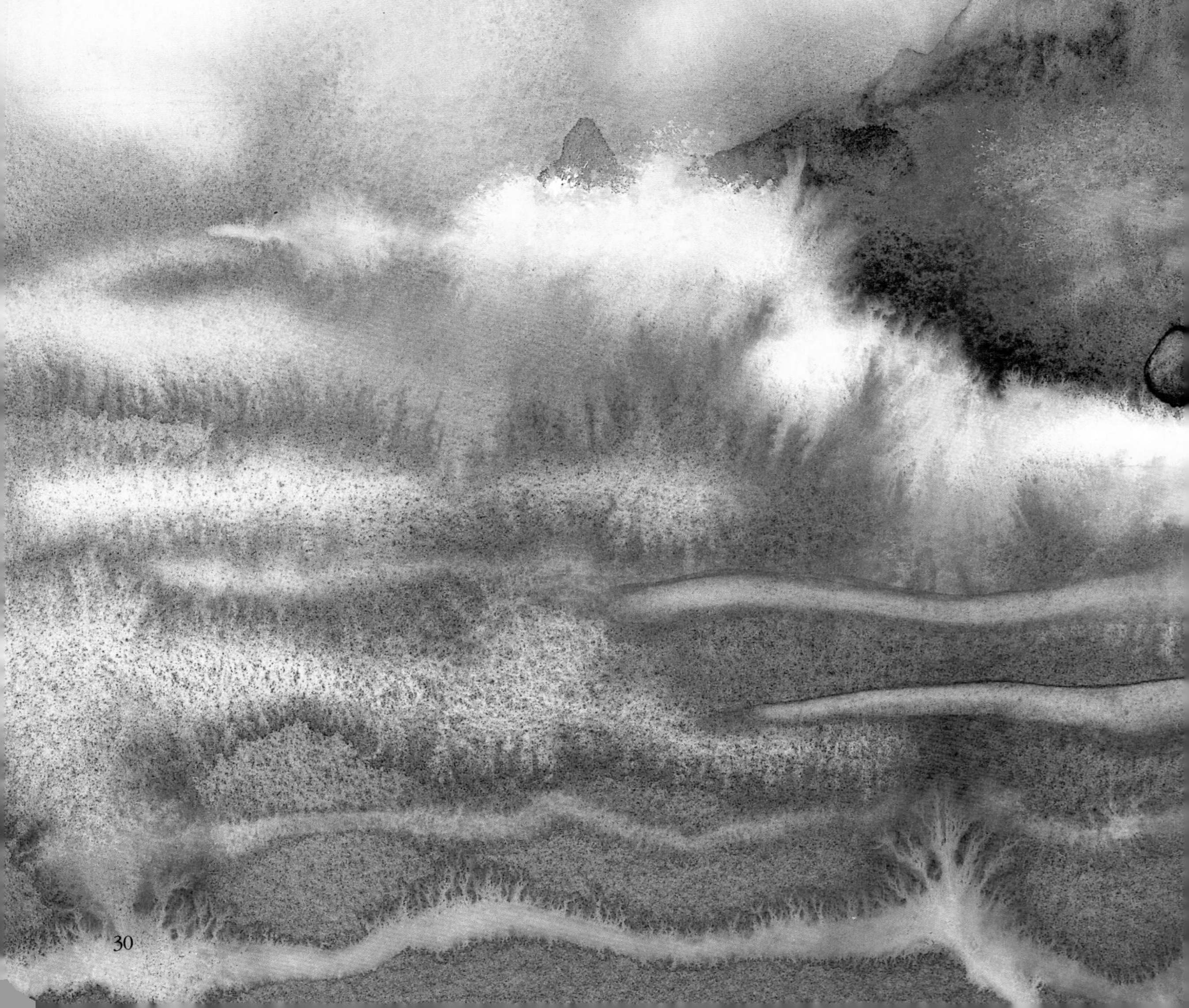

백일홍

내가 만드는 이야기

아이들이 들려 주는 이야기를 들어 본 적이 있나요?
그 이야기 속에는 아이들의 무한한 상상력과 창의력이 담겨 있음을 발견하게 될 것입니다.
번호대로 그림을 보면서 앞에서 읽었던 내용을 생각하고,
아이들만의 상상력과 창의력이 표현된 이야기를 만들어 보게 해 주세요.

❶

❷

❸

❹

❺

❻

7
8
9
10
11
12
13
14

백일홍

옛날 옛적 백일홍 이야기

백일홍 꽃잎의 모습은 옛날 시집 갈 때 신부가 쓰던 족두리 같습니다. 그래서 백일홍의 전설도 이 족두리 같은 모습에서 유래하였습니다.

평화롭던 어느 바닷가 마을에 큰 걱정거리가 생겼습니다. 높은 파도로 인해 배를 띄울 수 없었던 마을 사람들은 바다를 지키던 이무기에게 처녀를 바쳐 제사를 지내기로 했습니다. 마을 사람들은 제비로 뽑힌 처녀를 이무기에게 바치기로 결정하였습니다.

그런데 그 처녀에게는 사랑하는 청년이 있었지요. 청년은 제물이 된 처녀를 따라 바다로 나가 이무기를 물리쳤습니다. 이무기를 물리친 청년은 처녀를 무사히 마을로 데려오고, 처녀와 결혼을 약속했지요.

▲ 슬픈 전설을 간직한 여름꽃, 백일홍.

하지만 행복도 잠시, 또 다른 이무기가 나타나 바다를 어지럽혔어요. 용감한 청년은 이번에도 스스로 나서 이무기를 물리치러 나갔습니다. 그리고 처녀에게 이무기를 물리치면 배에 흰색 돛을 달고, 물리치지 못하면 빨간색 돛을 달고 오겠다고 약속하였지요. 그런데 이무기를 칼로 베던 중 그 피가 돛에 튀어 그만 돛이 빨갛게 물들고 말았습니다.

백 일 동안 바닷가에 서서 청년을 기다리던 처녀는 멀리서 붉게 물든 돛을 단 배가 오는 것을 보고 청년이 죽은 줄 알고 바다에 몸을 던졌습니다. 그렇게 안타깝게 죽은 처녀의 무덤에 한 송이 꽃이 피었는데, 그것이 '백일홍' 이라고 전해집니다.